PETIT ART POÉTIQUE

En six cent trente-six vers,

SOUS FORME DE PLACET,

SUR LES LOIS ET LE MÉCANISME DES VERS
ET DE LA CÉSURE :

NOUVELLE ÉDITION,

Revue, corrigée et augmentée de plus que du double (1),
*avec une Préface en cinquante-huit vers, et de notes
et remarques intéressantes ;*

Par Cl. ROUCHER-DERATTE,

Ancien Professeur de physique et de chimie expérimentales
à la ci-devant École centrale de l'Hérault ; Auteur de divers
ouvrages sur les sciences et les lettres, et de plusieurs
poèmes (2).

Nascuntur poetæ, fiunt oratores.

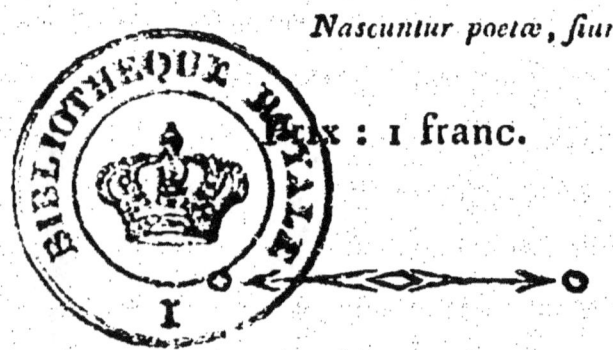

Prix : 1 franc.

A MONTPELLIER,

De l'Imprimerie de J.-G. TOURNEL, place Louis XVI,
N.º 57.

20 Sept.bre 1818.

PRÉFACE.

Moi Professeur jadis de physique et chimie,
Mais voué, désormais, à l'art de l'harmonie,
Pourrai-je me flatter, de ma débile voix,
D'avoir tracé des vers le régime et les lois ?
Malgré tous mes efforts, malgré l'expérience,
De trente mille vers, donnant de la science ;
Lorsque Boileau mon Maître, à cet égard craintif,
Ne voulut prononcer, être trop décisif ;
Et préféra plutôt, législateur suprême,
De nous enseigner l'art de faire un bon poème ;
De crainte de blesser l'amour-propre d'auteur,
En présentant des lois, avec trop de rigueur,
Aux doctes tels que lui, qui peuvent se *permettre*
Des licences parfois, qui ne sont règle à mettre.
    Celles que je présente, avec précision,
Nouvelles ne sont pas ; elles ont sanction,
Se trouvent à peu près, en vers, ou bien en prose,
Bien prescrites ailleurs, éparses, avec glose.
Si je me suis permis, je ne dis des écarts,
Mais des réflexions, méritant des égards.
Je n'en fais point ici de règle et de précepte ;
Contre l'usage, en vain, la raison, rien n'excepte.
Le temps seul et le goût se réservent le droit
De revenir s'il faut sur le mal que l'on croit.
Mais ce droit n'appartient, toujours, en toute chose,
Qu'au jugement de ceux dont le mérite impose ;
Qu'à quelque académie, aréopage instruit,
D'où partent d'Apollon les oracles qu'on suit.

Des Grands maîtres de l'art, je réclame indulgence;
Et du jeune poète, un peu de bienveillance !
S'ils trouvent que ma muse abrége les efforts,
Puisse faire éviter des écueils tous les bords.

Au labyrinthe obscur notre vallon rivale :
Il faut, pour en sortir, le long fil du dédale.
Puisse celui que j'offre aux jeunes amateurs,
Les en faire sortir brillants-triomphateurs !

Leurs travaux chatiés, sans cesse, sans relâche,
Au purisme n'offrir aucun défaut, qu'on sâche,
Et de tout aristarque et critique jaloux,
Ne craindre la censure et braver le courroux.

En vain, le plus beau vers concevroit le génie,
S'il pèche contre l'art, ou contre l'harmonie;
Transgresse quelque loi, quelque difficulté.
Par ses défauts, alors, ou sa difformité,
Tout en le regrettant, le bon goût le réprouve :
Tel qu'un beau diamant, mais taré, que l'on trouve.

Tarés furent ainsi, mes vers, premiers essais,
Qu'il m'a fallu reprendre, ouvrer sur nouveaux frais,
Pour les faire paroître avec quelque avantage;
Soustraits par leurs défauts, quelque temps au pillage.
Pénible stratagème, où ma réduit souvent
La crainte des larcins, qui me poursuit plaignant.

Impartial, au moins, qu'on me juge, apprécie,
Non d'après ma préface, il se peut qu'elle ennuie;
Mais d'après le poème et les règles de l'art,
Que je vais exposer, dignes de quelque égard.
Heureux si ce labeur, dont je ne fais trophée,
Mérite qu'on l'approuve, en dépit de Morphée !

PETIT ART POÉTIQUE

En six cent trente-six vers.

Sans exciter d'ouragan, de tempête,
Au mont Parnasse, au paisible vallon,
Bien que ne sois Grand maître de requête,
Au tribunal des muses, d'Apollon ;
Permettons-nous, sous forme de supplique,
De retracer l'art des vers et ses lois ;
Que prescrivit la sévère critique ;
Analysés tous les sons de la voix.
  De réclamer un peu sur la césure,
Qui me paroît d'une extrême rigueur,
Que l'E muet, final dans sa structure,
Pour pied ne compte, exclu, sans élideur.
  De réclamer aussi sur la nasale,
Les hiatus, en quelques cas encor ;
Et la diphthongue, en ses emplois, banale,
Et les mots longs, quel que soit leur accord.
  Quoi qu'il en soit de l'issue et la chance ;
Toujours appel, mais en ressor dernier,
A qui de droit, besoin j'ai d'indulgence,
Autorité ne me feroit quartier.

'Cri de héro! mais paix, je vous en prie,
Chers amateurs, gens de profession!
Pour juger cas de si haute industrie,
Pesez mon dire, avec réflexion.
Je ne viens pas, en censeur du Parnasse,
Le fouet en main, réformer les abus,
Mais en sapeur faciliter la trace,
Vous éclaircir l'accès du Dieu Phébus.

Nos vers sont tous de l'un ou l'autre sexe ;
A plusieurs pieds ; feminins, d'un plus longs,
Et d'accord simple, ou plus ou moins complexe,
Par couple allant, croisés, mêlés leurs dons.
De douze pieds, dix, neuf, huit, sept, cinq même,
Rhythme à choisir, selon le genre et cas ;
Les deux premiers, graves, à ton suprême,
Les autres vifs, plus légers, pleins d'appas.

Mais on peut bien croiser, mêler ensemble,
En stance libre, et petits, et grand vers ;
Pour que la chute en soit prompte, ce semble,
Ait plus de grâce en ces rhythmes divers.
Mais dans la strophe, à grand vers uniforme,
Par d'autres grands qu'on croise les tiercets ;
Quatrains, sixains, en composant la forme,
Par impairs seuls, ou couple leur accès.

Noble précis, le grand vers hexamètre,
En pompe marche, est très-harmonieux ;
Ce qui doit bien, au moins, le faire admettre,
En tout sujet, d'air grave et sérieux.

Vers de dix pieds, simple, moins monotone,
Au moins croisé, vaut plus mis en quatrain ;

Quoique toujours moins facile, on le donne,
Pour encadrer la règle, un sens restreint :
Fin madrigal, ou piquante épigramme,
Quelque épitaphe, inscription aussi,
Qui, peu de vers, souvent l'on sait, réclame :
Petits tableaux que l'on présente ainsi (3).

    La romance aime à soupirer, se plaindre,
En vers de dix, rendant mieux ses langueurs;
Et l'ariète à s'égayer, sans craindre,
En ceux de huit, de sept, plus enchanteurs,

    Que l'E muet, après une voyelle;
Une diphthongue, au sein de quelque mot,
Pour pied ne vaille, en vers mâle ou femelle,
Quand il prieroit ou l'allouerait en sot (4).

    Que cet E même, après voyelle encore,
Diphthongue aussi, lorsqu'il est terminal,
Soit élidé, se lie; il déshonore (5);
Seul sans consonne, il sonne bien trop mal.
Même au pluriel, il faut que l'on évite,
Dans tous les cas, de compter l'E muet (6).
Le goût le veut; c'est la règle prescrite;
C'est par licence, à tort, quand on l'admet.
Pour tolérer une pareille faute,
Au singulier, encor même au pluriel,
Il faut passer, d'un seul pied, que dénote
Le tiret seul, crie-t-on, cas essentiel (7).

    Que cet E foible, en consonne pour guide,
Précédant H aspirée, ayant voix,
En aucun lieu, ne se lie et s'élide (8).

    N'embrasse ho! pour oh! malgré les lois,

Non aspirée H , en tout cas réprouve ,
Les hiatus, qui résultent toujours
D'une voyelle, en chemin qui la trouve,
La précédant, sonore dans son cours (9).
Apollon, dis-je, en ce cas, par exemple,
Certe à horreur de ce dur hiatus ;
Mais dont après, il n'a honte en son temple,
Conforme aux lois du phantasque Phébus.

L'Et conjonctif également repousse
Toute rencontre avec voyelle encor :
Son hiatus met la salive en mousse ;
T ne sonnant, Et alors mis fait tort (10).

Devant liquide, après foible consonne,
Qu'il ne soit plus permis comme autrefois
De supprimer voyelle qui ne sonne,
Dans peloton *(ploton)*, carafe *(crafe)*, autres emplois.

Toute diphthongue, après une liquide,
Autre consonne, ensemble, précédant,
Dissyllabe est, la règle ici préside (11) :
Qui ne l'observe, oh ! fait grincer la dent.

Que pour la rime, et suffisante et riche,
On soit toujours, exigeant, chatouilleux ;
De l'édifice en vers c'est la corniche ;
Qu'oreille soit plus juge que les yeux.

Bien distinguons des rimes harmoniques
La suffisante et riche plus ou moins ;
L'une a toujours plusieurs sons identiques,
Mais l'autre un seul, nuancé néanmoins.

Dirai-je ainsi, pour tenir ma promesse ,
Du Dieu des vers , inspiré , sans soufleurs ,

J'aime à rêver sur les bords du Permesse,
Tout ramassant paillettes d'or et fleurs ;
Ou bien parfois échappé de la ville,
Aux importuns, même à tout embargo,
Aimant des monts et des grottes l'asile,
D'en réveiller le solitaire écho.

Qu'en fin de vers pour rime l'on s'abstienne
Du participe, ainsi dit du présent,
Non adjectif, ce qu'il faut qu'on retienne,
Gérondif même ; à tort mis échéant.

Oui, pour la rime, à bon et juste titre,
Plus que les yeux l'oreille consultons,
Et qu'elle en soit le souverain arbitre ;
Son orthographe, enfin, ne supputons.

Pourquoi chasser des vers, et mots, et rime,
Divers de lettre, et pourtant consonnans,
Malgré l'oreille, et pour l'œil, son régime,
Quand l'harmonie a des droits resonnans ?
Nous blesserions l'homonyme euphonique,
C'est préférer, nous diroit Sunderson,
Plaisir des yeux, aux charmes da'coustique ;
Et d'Espautère, au divin Amphion !

Que même rime aux yeux ne reparoisse,
Qu'après vingt vers, ou seize tout au moins ;
Et l'analogue, après six, car on blesse
Le goût, l'oreille, ici, juge et témoins.

Dois-je parler de la rime douteuse,
Et réclamer pour elle en sa faveur ?
Ma supplique est déjà fort ennuyeuse,
De l'indulgence, ô mon très-cher lecteur !

Qu'en rime, non, jamais froissant l'oreille,
E très-ouvert, dès, èr, ais, n'ait après,
Du mont Boileau, crie à voix de corneille :
Un E fermé, dés, ér, éz, mis exprès.

L'on ne peut même, en thèse générale,
Faire rimer un son bref, ou l'aigu
Avec un grave ou long, faute banale ;
Muses alors n'apposent point leur vu :
Car, quoiqu'on fît, par exemple, préface,
Ne rime point, malgré le si ! le mais !
Avec grâce, oui, dans aucun lieu, ni place ;
Aimez non plus, sans blâme, avec jamais.

Que l'E moyen, de moyenne ouverture,
Et comme aussi de moyenne longueur,
Soit bien admis, avec poids et mesure,
Avec l'ouvert, ou long à la rigueur !
Comme chien-dent qu'on lui fasse la guerre ;
Mais qu'on le souffre, au moins mis très-discret
Dans quelque rime, ainsi reçu prospère,
Mais pour besoin, admis sans nul aprêt (12).

Qu'on n'aille pas, dans sa rage canine,
Roder autour des sources du vallon,
Mordre Corneille et baver sur Racine ;
S'en prendre à tous, dégorgeant son poison.

Qu'un pied mouillé, d'un pied sec ne s'approche ;
Ni le pied dur, du mou, trop vacillant,
Pareil, sans fiel, ne riment qu'en basoche,
Et douce et touche, encore en *rimaillant* (13).

Dans leur sens propre, en rime, qu'on évite
D'associer mot simple et composés,

Qu'au moins, l'un d'eux, d'autre sens il profite ;
Gauches, sans quoi, mal ils sont opposés.

Des anciens, fuyons la sotte escrime,
Et des nouveaux, quelquefois le *travers;*
D'*entrelarder* des césures en rime ;
De les rimer avec la fin du *vers* !
Avec grand soin fuyons cette manie,
Et n'allons pas comme là ferailler,
Et fier à bras, imiter la folie
De Don Quichote, avec son tablier.

Mais, on peut bien, dans quelques conjonctures,
Faire rimer d'un même mot au moins;
Faire rimer de suite deux césures :
Très à propos, cas rare néanmoins (14).

L'analogie, au reste, revendique,
Même faveur, pour rime, en fin de vers (15),
Qu'à la césure, où parfois l'euphonique
D'un même mot, a des charmes divers.

Que bonne soit, chose assez principale,
Rime quelconque, émise toutefois,
Quoique diverse, en consonne finale,
Alors muette, ou d'égal son de voix.
Adam et dent peuvent aller ensemble;
Non et renom, et bien d'autres aussi,
Fournissant rime assez bonne, ce semble,
Et sans quêter au mont Parnasse ainsi.

La règle veut qu'on exclue et rejette
Les mots trop longs de plus de quatre pieds,
Traînans toujours, quoiqu'à faillir sujette,
Lorsque les vers n'en sont extropiés (16).

En proscrivant de faire rimer croître,
Comme fesoient apprentis et doyens,
Prononcé mal, avec le mot paroître,
Sans insulter leurs talens, leurs moyens ;
En rime on peut faire chuter poète,
Avec un mot émis diversement (17),
Sans le blesser, doucement sur l'ouète *ouate*,
Que l'on prononce ainsi mignardement.

    Qu'en vers croisés il soit, quant à la rime,
Permis parfois d'être moins exigeant,
Pour sa rigueur, sa valeur légitime,
Moins sensible est notre oreille en jugeant.

    Que dans nos vers, la césure immuable
Marque un repos, un membre du discours ;
C'est de rigueur, loi très-inviolable,
Vers sans arrêt, fatigueroit son cours (17).

    Point d'hémistiche, ainsi que de césure,
Entre conjoins, régis et régisseurs,
Quelle qu'en soit l'espèce et la nature,
Au moins faut-il alors des adjuteurs.
Un attribut, objectif devant suivre,
Ou son sujet, ou son prépositif,
Sans transposer, alors comment poursuivre,
Souvent un vers, qui deviendroit fautif.
Exceptons-en pourtant, ici, dirai-je,
Le cas offert d'un régime complet ;
D'un hémistiche, objectif, à cortége,
Qui, bien termine un charmant vers qui plaît ?

    Que fin de vers se termine la phrase,
Et n'offre un verbe, au moins, s'il ne régit

Du vers suivant le tout, ou quelque phase ;
Ou transposé le régime qui suit.

    La césure a, disons-bien, d'autres règles,
Qu'enfreint souvent, profane transgresseur ;
Qu'observent bien par-tout, poètes-aigles ;
Qu'on trouve assez et sans un grand labeur.
Nos plus grands vers, à pieds, de dix, de douze,
Après six pas, quatre, à proportion,
Mâle ou femelle, iroient-ils sur pelouse ?
Las dans leur marche, exigent station.
Nos vers petits n'en ont du tout que faire ;
S'y trouva-t-elle, on ne l'exige point :
Le soufle peut, sans repos d'ordinaire,
Se soutenir, mais sans aller plus loin.

    Que la césure, au moins, jamais ne porte,
Sur l'E muet, dont le pied sans vigueur,
Et chancellant en cas de telle sorte,
Doit s'élider, la règle est de rigueur (18).
Au pluriel même, il n'a ce privilége,
Rencontra-t-il voyelle au mot suivant ?
Et même au verbe, et malgré son cortége ;
Son ton obscur n'est qu'à demi-sonnant.

    Comme les vers admettent plusieurs coupes,
Leur fin toujours n'étant le sens final
Qu'à la césure, allassent-ils en groupes ?
La place ait lieu, la coupe n'est point mal.
Communément, elle est bien moins heureuse,
Trop près, trop loin, des deux extrémités,
Du vers ; elle est ici défectueuse ;
Moins le seroit, plus bas, tous cas cités.

Le son, toujours, des nasales entr'elles;
Celui sur-tout des syllabes du nom,
Dans leur rencontre, avec quelques voyelles,
Encor consonne, est choquant, oui, selon :
Distinguons-bien; car en dialectique,
Le *distinguo*, tranche nœu gordièn;
Bien toutefois qu'en matière harmonique,
Plus d'un Midas fut peu logicien.

Nasale est dure, ou bien douce aspirée (19);
Dure on l'unit toujours au mot qui suit,
Douce-aspirante, elle en est séparée,
Repos, ou non juge, le cas sans bruit.

L'émission fait fautes capitales;
Qu'en nasillant, en none, nonillon,
Dise qu'en vain, on n'entend les nasales,
Heurter le nez, à triple carillon,
Soit; mais poète admet nasale douce,
Sans union, après quelque repos,
Les aspirant, il les prononce et pousse;
Les doctes sœurs approuvent l'à propos.

Règles, voici, sûres et générales :
Dans l'attribut, avec prépositif,
Sans union, sont toutes les nasales,
Comme au sujet, devant son adjectif.
Mais autrement la nasale est sonore,
Marchant le nom après son attribut :
Inséparable, ou le pronom encore,
Ce que, jadis, D'olivet reconnut.

Dans ces deux cas, elle est au moins muette :
Vin excellent, vin bon, à boire aussi;

Aux deux après, nasale fait sonnette :
Oui, mon-n-ami, bien-n-aimé, c'est ainsi.
Nasale on, en, règle très-essentielle,
En pronom même, en proposition,
Très-dure elle est, devant une voyelle ;
Consonne après, plus doux en est le son :
Ce qui fait dire, on n'aime pas, on-n-aime,
Comme on-n-ignore, et l'on n'ignore pas.
En-n-épluchant, en prosodiant même,
C'est vétiller ; mais ce n'est pur fatras.

    Dirai-je, enfin, pourquoi ne pas admettre,
A la césure, E sombre inélidé,
Avec consonne, on devroit l'y permettre,
Bien plus qu'ailleurs, par repos décidé ?
L'élision est vraiment trop rigide
Qu'avec consonne, E césuré, l'obscur,
Inélidable, on le veuille pied vide ;
Au mot rhythme, oui, sonnant même assez dur ;
Et jadis même exiger à l'extrême
D'exclure ailleurs, l'E dit obscur, sans voix
Et sans pitié, d'après la loi suprême.
Oh ! pour les vers c'étoient de dures lois !

    Des E muets la voix douce, mais basse,
En interdit l'abstinence et l'abus,
Tantôt la langue aigre perdroit de grâce,
Tantôt obscure, elle auroit son confus.

    Pour l'intérêt de notre poésie,
Mitigeons-en les règles et les lois,
Pour les neuf sœurs que notre courtoisie
File les sons doucereux de la voix.

Des E moelleux, tel est le privilége
De radoucir dans leur émission,
Les sons aigus, sonores, leur cortége,
Mêlés, liés de leur doux semi-ton.

De notre langue, ils font le caractère,
Chaque consonne, appelle, émise E sourd.
L'E dit *schéva*, sans corps, ne sonnant guère ;
Lui donnant poids, sans être d'un poids lourd.

Que dans nos vers admis avec mesure
Sans avarice, et prodigalité,
Le ménageant, sur-tout à la césure,
L'E mou des chocs rompe la dureté.

Mais proscrivons, quoique d'agent femelle
A l'hémistiche, E mou, malencontreux,
Inélidable, avec autre voyelle,
Seul isolé, comme ayant un son creux.

Organisant les lois sur l'harmonie
Sur la césure et sur l'élision,
L'italien, inspiré du génie,
Sût lui donner bien plus d'extension.
Bien il rendit la césure mobile,
Lui donna place en quatre ou cinq endroits :
L'élision commode, plus facile,
En élidant voyelles jusqu'à trois.

Son art des vers, du chant n'est qu'un ramage,
De l'idiôme, en nuançant l'accent ;
De nous, au reste, advient cet avantage ;
Mais son produit fait honneur au talent.

N'oublions pas que Pepin, Charlemagne,
Aux Gots, Lombards, aux Vandales fatal,

Ont introduit en Italie, Espagne,
La langue d'*oc* et le vers provençal.

    Bien tolérés, par voix, H, aspirables,
L'élision, la diphthongue à propos,
Les hiatus, toujours désagréables,
Le seroient moins césurés d'un repos :
Ainsi dit oui, ou 'non, en toute chance,
Triomphant bien, héros, dont la valeur,
Appréciée en glose d'importance,
Net échoua, tout faisant le rimeur.

    Que n'amoindrir le nombre des diphthongues (21)
Tout à l'instar des auteurs anciens ;
Leurs hiatus, quoique fautes moins longues,
N'en sont pas moins de petits vauriens.

    A tous égards, alors bien moins de gêne,
Moins de travail, plus de facilité,
Bien plus souvent boirois eaux d'Hyppocrêne,
Pégase auroit plus de vélocité.
Souvent rétif n'arrêteroit sa course,
Comme faisoit l'âne de *Balaam ;*
Et galopant du Midi jusqu'à l'Ourse,
Il n'iroit pas cahin-caha, peinant.

    Jamais Boileau, Racine, nos puristes,
N'eûssent atteint à la perfection,
S'ils eûssent pris le joug des conformistes :
A toute règle est quelque exception.

    Lorsque la voix de douleur articule,
Les hiatus du Dieu du goût proscrits,
A l'hémistiche, après une virgule,
Réclament grâce et peuvent être écrits.

2

Grâce en faveur du style lapidaire,
Dont le mérite est la précision ;
Sauf un arrêt de la règle-grammaire,
Pour la diphthongue, équivoque *en ion;*
Des anciens monosyllabe faite,
Pourquoi dès-lors ne ferions-nous comme eux ?
Quoiqu'elle soit dissyllabe parfaite,
Divisions, cas échéant douteux.
Sions (Z) paroît sans brevet de licence
Pouvoir marcher, dans une occasion,
Sans clopiner, avec un air d'aisance,
D'un ou deux pieds, tenant au verbe, au nom.

    Pourquoi des vers restreindre le domaine,
Refuser droit, *civilisation,*
A mots d'usage et de taille hautaine,
Méritant bien *considération?*

    Muses souvent grecque, latine, antiques,
Bien abrégeoient, syncopoient autrefois,
Pour le seul rhythme, accès de leurs portiques ;
Syllabes, mots, consonnes, plusieurs voix.

    Malgré l'usage en tout cas d'harmonie,
La dissonnance y produit bel accord,
S'il en résulte un charme pour l'ouïe,
L'esprit, le cœur ou tout autre rapport.

    L'esprit exact, sur les règles se traîne,
Mais le génie en affranchit souvent ;
Et pour planer, il faut briser la chaîne,
Dut la critique exciter quelque vent.
Pourvu qu'on n'aille étourdiment enfreindre
La loi, la règle, et chevaucher toujours,

Pour s'élever dans l'air, et sans rien craindre,
Quelque pégase aux ailes à rebours.

Du goût par-tout l'exacte règle émane ;
C'est l'observer, la transgressant parfois,
Quand la raison à propos la condamne,
Sans que du goût elle blesse les lois.

Mais, d'après tout, l'on voit que nos vieux pères
Ont mis par-tout, dans tous leurs monumens,
Trop d'artifice, ainsi jugé naguères,
Qu'il faut rabattre, oui, de leurs documens.
Qu'en poétique, et toute symétrie,
Comme il appert par ces vers vétilleux,
Sonnets, rondeaux, bout-rimés d'industrie,
Leur esprit fut sphynx, subtil, pointilleux.
Qu'organisant du vers le mécanisme,
On attisa, compliqua l'art du vers ;
Exposa même au grand parallogisme
Cet œuvre enfin de gloire et de revers.

Mais venons-en à des conseils très-sages,
Non moins sacrés que les règles, les lois,
Pour l'art des vers, en tous labeurs, ouvrages,
Que ne sauroit trop inculquer la voix.

Que, créateur, le poète compose
Tous ses dessins, ses tableaux, ses portraits,
Son coloris, ses accords, toute chose,
De l'idéal les charmes les plus beaux.

Qu'imitatif le vers dans la peinture,
L'expression, le ton et les couleurs,
Retrace bien la diverse nature,
Dans ses beautés comme dans ses horreurs (22).

De Raphaël, Rubens, Teniers l'habile,
Lebrun, Poussin et Callot tour à tour,
Emprunte l'art, la manière, le style,
Pour peindre vrai, tout peignant large ou court,

Si vous peignez les Amours et les Graces,
Que votre vers respire la fraîcheur !
Léger et gai voltige sur leurs traces,
De l'Albane ait le moelleux, la douceur !

Dépeignez-vous, le chant, la mélodie,
Du tendre oiseau, chantre divin des bois?
Que la cadence et du vers l'harmonie,
Rendent les sons ravissans de sa voix ! (23)

Qu'un bruyant vers dépeigne le tonnerre,
Ou le fracas d'un rapide torrent;
Tranquille et doux, qu'il dépeigne au contraire
Zéphyr qui souffle, eau qui va gazouillant.

Pour exprimer la légéreté vive,
Le mouvement et la rapidité,
Que de pieds courts, aigus, le vers s'avive;
Ait du chevreuil, le pied, l'agilité.

Exprimez-vous la lenteur, la mollesse,
Qu'à pieds, pour lors, graves, longs et traînans
Marchent les vers, nous offrant la noblesse
Des bœufs qui vont, à pas tardifs, pesans.

Que toujours purs, corrects, vos vers se montrent;
Que de la langue ils n'enfreignent jamais,
La prosodie et les lois qu'ils rencontrent;
Pour obtenir quelque brillant succès (24).

Si votre vers parfait d'abord ne coule,
A quelque vice, est dur ou raboteux,

Que l'on retouche à ses défauts de moule ;
Jusqu'à le rendre, et coulant, et moelleux.

Mais il le faut tout entier reconstruire,
S'il est atteint d'un vice radical.
Le conserver fautif sans le détruire ;
Tout contrefait, il figureroit mal.

Le goût n'admet le mot non poétique ;
Le terme bas, ni le trop familier,
Ni peu commun, le mot scientifique,
Si le sujet ne l'est partie, entier.

Ainsi Deslile et moi *, d'après Lucrèce,
Nous sommes vus forcés de mettre en vers
Les termes d'art français ou de la Grèce,
Traitant du monde et du vaste Univers.

Le plus beau vers blessant l'art, la grammaire,
Dans quelque point, quelque difficulté,
Perd de son prix, diamant adultère ;
Boileau, Racine eût-il pour parenté ?

Très-expressif, pittoresque en peinture,
Le vers aisé, coulant, harmonieux,
A rime riche et d'heureuse césure,
A retenir se montre officieux ;
Surtout brillant d'images et d'idées (25) !
De mots choisis, belles locutions,
Et d'ornemens aux places décidées,
De tours heureux dans ses inversions.

---

* Dans mon Eglogue sur l'initiation, ou la création de l'Univers, et dans le Poème que je fais sur l'homme physique et moral, où je parle des principaux animaux, et jusque des polypes, par rapport à l'instinct : sur lesquels, sous ce rapport, j'ai donné une dissertation,

Resplendissant, qu'il rayonne, étincelle,
Dans le soleil, et l'écharpe d'Iris,
Fatigue l'œil et blesse la prunelle,
Par l'or, l'azur et le feu du Rubis.

De mauvais goût, blessant les convenances ;
Que jamais vers pour l'éclat au surplus,
Trop brillanté, dans ses appartenances,
Non, ne s'élève à l'enflure, au Phébus.

Je n'aime point, qu'on aille avec emphase,
Peindre un pigmée, un rocher comme un mont,
Trop s'élever sur son rétif pégase ;
Comme le fit jadis Bellerophon.

Mais qu'assorti, nuancé dans ses teintes,
De son sujet il prenne les couleurs (26) :
Noble, pompeux, grandes choses dépeintes !
Riche, éclatant ailleurs comme les fleurs.

Simple et modeste, ainsi qu'une bergère,
Lorsqu'il la peint, auprès des chers pastours,
Dans son costume et sur l'humble fougère,
Tout soupirant ses naïves amours.

N'exigez pas au moins du vers technique
Le riche éclat du descriptif brillant,
La sécheresse est du vers didactique ;
L'un est plus grave, et l'autre plus riant.

Bien que l'on doive, en tout précepte aride,
Grave sujet, quelque ornement offrir,
Quelque épisode, au moins, qui ne soit vide,
A l'agrément toujours l'utile unir (27).

Que l'on évite enfin du pléonasme
La rédondance et la stérilité,

Froissant le goût, jamais sans quelque spasme,
Les doctes sœurs n'ont vu sa nullité.
Verbes disjoindre, unis par la syntaxe,
L'infinitif, régi par d'autres temps,
A la césure, oh ! sans goût l'on vous taxe ;
Si d'un seul pied ce mode est en suspens.
On ne pourroit craindre guère de blâme,
Lorsqu'à deux pieds s'offre ce régisseur,
Tandis qu'on peut craindre qu'on ne réclame,
S'il n'a qu'un pied, ce verbe, par malheur.
C'en est ainsi d'un verbe unique même.
D'un ou deux pieds à régime autre encor ;
Si l'on permet le dernier, cas extrême !
Plus rare on a le premier en accord (28).

Dans quelques vers, on supprime, avec grâce,
Pronom, article, ainsi que dans le chant,
Genre lyrique ; amour fort bien s'en passe ;
Affectueux, pathétique, touchant.
Concis, exact, le genre didactique
S'en affranchit encore quelquefois ;
Mais autre part qu'en style marotique
Sans l'à propos le goût reprend ses droits.

Arrêtons-nous, nous prenons trop le large ;
Tout l'art des vers je viens de retracer :
Boileau vivant me noteroit en marge,
D'en dire trop et de tant embrasser.

Sans aller loin repasser sur sa trace,
J'ai cru pouvoir remplir, à part ses droits,
Cette lacune, en occupant sa place,
Qu'on trouve en lui sur l'art des vers, ses lois.

Un fol orgueil ici mes pas ne guide,
Sans au Parnasse être législateur,
Puisse, ô Minerve ! être sous ton égide,
Ce petit code offert à l'amateur ! (29)

Que pour conseils encore ici je donne
A qui de l'art voudroit faire métier ;
Au moins s'il veut avoir quelque couronne,
Qu'a l'art pénible, il se voue en entier.
Il faut bien plus qu'une heureuse planète,
Dès son berceau, par un céleste accord,
Bien le dispose à devenir poète ;
Sans quoi gémit des vers la lyre d'or.

Faire des vers, sans verve, sans génie,
Et rafoler, poète, étourdîment,
De l'art divin, dans sa métromanie,
On ne produit que des rimes, du vent.

Mais inspiré le talent poétique,
Anime tout, lui prête une âme, un corps ;
Et créateur d'un monde phantastique,
De l'art d'Armide il a tous les ressorts.

Au jugement de quelqu'ami sincère,
Mais compétent, je dis avec Longin :
Horace encor, Boileau qui n'en diffère,
Que vos travaux lui soient soumis enfin. (3o)

Quelque talent qu'on ait, on doit s'attendre
A la critique, aux censeurs en courroux ;
Nouveau poète est plutôt à reprendre ;
Heureux s'il peut exciter des jaloux !
Non par sa morgue, et sa sotte jactance,
Mais son mérite, avoué des amis ;

Bien plus heureux, si, modeste, en silence,
Après l'orage, au Parnasse est admis !

Qu'on soit docile à la critique sage
De tout censeur, s'il est judicieux :
Fût-elle amère, on ne perd point courage,
On ne répond qu'en faisant beaucoup mieux ?

Au mont sacré jamais on ne s'élève,
Qu'après avoir triomphé des serpens,
Sifflant au pied, nuit et jour et sans trève ;
Bravant toujours ces animaux rampans.
A ce triomphe on doit mettre sa gloire,
Laurier de Mars, rameau d'or de Plutus,
Ne valent point cette pure victoire ;
Brillante aux yeux des rayons de Phébus.
Au double mont y sont diverses places
Qu'avec honneur on y peut obtenir,
Tout en suivant des grands hommes les traces,
Quoique loin d'eux il fallut se tenir.

Je conclurai que ce seroit fort sage,
Qu'à la césure et sans élision,
Comme dogme, oui, malgré l'antique usage,
Pied comptant fut l'E sourd, sans liaison !
Qu'on mitigeât la règle trop rigide,
Sur ce pauvre E, vociguère, honteux,
Bien mitigée ailleurs sans autre égide,
Sans que pourtant le vers marche boiteux :
Qu'il soit souffert parfois, vu l'accointance,
E marié, sourd, sans élision,
Avec consonne à quelque résonnance,
Tout en faveur de césure ; pardon !

*

Que l'hiatus soit permis dans les pauses,
En césure, oui ; de co-arcter enfin
La dissyllabe encor, mais non sans causes ;
La diphthongue est apte à double destin.

Qu'à la césure entends sans conséquence
Nasale admise en regard d'une voix,
Simple ou nasale, en diverse occurrence,
Soit ; si l'on peut l'aspirer toutefois.
Car, autrement, faut-il y prendre garde ?
Trop nasillée, unie au mot qui suit,
Le tympan souffre un coup de hallebarde ;
Défaut normand que le puriste fuit.
Ainsi j'ai vu pour ce cas conformiste,
Dont l'oreille est délicate en tout point,
Être crispé, tel Renaud le puriste ;
Docte nasale, émise mal au loin.

Lecteur, pardon. je mets fin à mon rôle ;
A votre tour, jugez-moi sans rigueur,
A perte ou gain, il seroit ma foi drôle (31)
Qu'on m'en voulût pour ce petit labeur.
Quoi qu'il en soit, je vous demande grâce :
De tout ceci ne faisons point *quam quam*,
En haute cour, bien que goût, raison fasse ;
C'est grand procès vieux comme père Adam.

Qu'ainsi soit fait ou non, mais sans épices ;
Et sur mon dire, et toutes mes raisons,
Je ne saurois perdre espoir, quoique disses.
Tout, dans ce monde, a son temps, ses saisons.

NOTES.

(1) La première édition qui fut très-incorrecte, pour des raisons particulières ; éviter les larcins, et seulement en trois cent vers ; c'est-à-dire, de plus de moitié moindre, avoit parue imprimée sous le titre seul de *Placet sur les lois et le mécanisme des vers*, etc.

(2) Auteur, entr'autres poèmes, d'un *recueil d'idylles* en vers, formant un petit volume, de plus de deux mille vers, qui a déjà paru.

D'une *maison agronomique*, d'environ vingt-sept mille vers, en trois volumes in-8.o et en six chants ; chaque chant encadré dans une pastorale en vers, en trois actes, et en partie lyrique, et qui est en souscription depuis plus d'un an. J'en avois déjà fait paroître une ébauche en un volume, en prose.

(3) Pour exemple, voici une piquante épigramme, quoique plus longue, que je ne puis me refuser de citer :

» Ce petit homme, à son petit compas,
» Veut sans pudeur asservir son génie ;
» Au bas du Pinde, il trotte à petit pas,
» Et croit franchir les sommets d'Aonie.
» Au grand Corneille il a fait avanie !
» Mais, à vrai dire, on rioit aux éclats,
» De voir un nain mesurer un atlas :
» Et redoublant ses efforts de pygmée,
» Burlesquement roidir ses petits bras,
» Pour étouffer si haute renommée ».

Cette épigramme, au reste, est d'un homme de lettre très-distingué, contre un célèbre aristarque, qui, plus d'une fois, a fait le zoïle ; lequel s'étoit permis, dans une assemblée de lycée, de déclamer contre les chefs-d'œuvre du grand Corneille.

Je cède à la tentation de la faire plus connoître, pour venger un peu la mémoire d'un frère infortuné, sur lequel, malgré sa mort déplorable, il n'a pas craint, après, de distiller tout son fiel et d'épancher sa bile, dans une critique généralement reconnue injuste et maligne; lorsqu il auroit dû menager la mémoire d'un poète distingué et d'une victime de la révolution et des passions, comme le fut l'infortuné Lavoisier : mais on ne doit pas en être surpris, quand on lit dans la correspon- dance de ce satyrique; qu'on ne peut pas s'attendre que le fils d'un plébéien, d'un artisan, dont le père, ajoute-t-il, ne savoit peut-être pas lire; puisse avoir autant de talent que la renommée lui en prête.

Tout homme honnête, assez éclairé pour juger par lui- même, ne peut qu'être indigné en lisant une dissertation caus- tique; indigeste, qui occupe la moitié d'un volume. On est même scandalisé de voir qu'après avoir pris le masque de la pitié et rendu un hommage forcé à toutes les vertus sociales de Roucher, de le voir se livrer, jusqu'à satiété, à la plus sanglante des critiques, et d'enfoncer si avant le poignard de la satyre.

Mais le jugement d'un tel aristarque, quelles que soient ses lumières, sera toujours suspect, et ne pourra guère entraîner que l'assentiment des hommes faciles à prévenir sur parole, ou de ses partisans outrés. Quand on sait surtout les divers rôles qu'a joués dans la révolution un homme susceptible de tous les extrêmes, et dont la conversion, si elle n'a été hypocrite, a du moins eu pour but secret, sa réputation future. Il est mort ; qu'il repose en paix !

J'ai extrait cette épigramme de la correspondance du cher auteur du poème des mois (2 vol. in-8.o), lors de sa dé- tention à Saint Lazare, qui la tenoit de M. Ginguené, son ami et son compagnon de détention, et dont il est à présumer que le satyrique avoit connoissance, et qu'il lui en voulut davantage, envenimée sa jalousie bien plus contre lui, malgré sa conversion. Sa haine implacable n'avoit pas oublié la cen- sure de son Menzicoff.

« *Tantæ ne animis cælestibus iræ* ».

(4) L'E muet est trop peu sonnant seul, sans être renforcé par une consonne, pour pouvoir compter pour pied. Jadis, on le supprimoit et on le remplaçoit par un accent circon- flexe, mis sur la voyelle suivante : prîrait, allôûrait, etc.

(5) Il en est de même à la fin d'un mot : féerie, joue, nue, ne peuvent entrer dans le corps d'un vers qu'à la fin, à moins d'élider l'E final.

(6) La caractéristique du pluriel, en lui donnant un S, ne sauroit faire compter pour pied l'E muet après une voyelle. Les vers doivent, par cette raison, bien exclure tout mot pareil, comme fées, mariées, vues, si ce n'est à la fin du vers. On ne se l'est permis qu'avec le pronom uni par le tiret, qui n'en fait alors qu'un mot.

(7) Arrêtez, s'écrient-ils, c'est le prix du courage
Que vous vous disputez non celui de la rage.
(dans Hector de Luce l'Encival)

(8) A raison de l'aspiration qui ne permet l'élision de l'E.

(9) On ne peut pas dire en poésie : j'ai horreur sans faire horreur ; à raison de l'hiatus, qui a toujours lieu à la rencontre d'une voyelle, autre que l'E muet, devant l'H non aspirée ; tandis que l'hiatus est souffert devant quelque H aspirée : j'ai honte, le héros. L'aspiration exigeant un repos avant, adoucit l'hiatus.

(10) Et conjonctif devant une voyelle, formant un hiatus, il faut en poésie éviter sa rencontre.

(11) Toute liquide L, R, précédée d'une autre consonne, rend dissyllable toute diphthongue: sanglier, levrier, voudrions, prions, brioche, régliez, coudrier, etc.

(12) C'est le privilége des voyelles moyennes pareilles, de pouvoir rimer par occasion avec les graves et les longues, surtout au pluriel : discrets avec apprêts, tout avec goût, tête avec il tête, colère avec terre, conquête avec parfaite, rôle avec fole, grâces avec traces, etc.

(13) On doit éviter de faire rimer les syllabes mouillées avec les sèches ; et les dures avec les douces ; comme vielle et vieille, bercer, berger ; danser, manger ; gagnant et stagnant.

(14) Raphaël peint Vida ; fait entendre sa voix ;
Cet immortel Vida, qui joignit à la fois
Le lière du critique au laurier du poète.
. . . .
Vous pourriez à Colchos vous expliquer ainsi ;
Je le puis à Colchos, et je le puis ici,
. . . .

(15) Et quel autre entretient seroit digne d'Achille,
Et quel autre discours pourroit tenir Achille ;
Là mon guide s'arrête, et dit : sois moi propice !
Comme lui je m'arrête, et dis sois moi propice !

Ces deux derniers exemples sont pris de la traduction des Métamorphoses d'Ovide , par M. de St. Ange.

(16) En excluant les mots longs qui sont toujours traînans , et rendent un vers lâche , il en résulte cet autre inconvénient d'exclure beaucoup de mots expressifs, pittoresques et ronflans; considération , civilisation , jubilation , impartialité, etc. Ce n'est que comme licence , quand on les admet, et forcément pour la précision dans des vers techniques sur-tout ; encore faut-il que les vers n'en soient pas estropiés ?

(17 *bis*) On peut en dire autant de bivouac que l'on prononce diversement.

(17) On a donné le nom de césure à un certain repos après le 6.e pied dans les vers alexandrins ; et après le 4.e dans ceux de dix.

(18) La syllabe qui porte la césure ne sauroit, d'après les règles souffrir l'E muet, au singulier comme au pluriel, quoique accompagnée de consonnes : aime, et aiment, ne sauroient tomber en césure. Ainsi, le vers suivant seroit sans césure :

» Pour la gloire, tout travail est léger ».

La césure doit toujours tomber sur la dernière syllabe du mot ; ainsi, cette syllabe est-elle un E muet, on rejette la césure sur la pénultième, et l'on élide l'E muet avec l'émistiche suivant ; non qu'il ne dut y avoir quelque exception , dans certains mots, où la consonne le fait sonner fortement, comme nous le verrons plus bas.

(19) Il ne faut pas, avec l'abbé Dangeau , regarder ces terminaisons nasales : an , en , in , on , un , etc. , comme de pures et simples voyelles , d'où résultent des hiatus, par leur rencontre avec d'autres voyelles à son simple ; mais on peut les rapprocher, avec l'abbé d'Olivet, des voyelles aspirées.

» Ah ! j'attendrai long-temps ; la nuit est loin encore ;
» Elle a le teint uni , belle bouche , beaux yeux ».

Où l'abbé d'Olivet dit que l'on sauve la nasalité sonore en

ne pas unissant le N avec la voyelle suivante, et la rendre ainsi muette.

Ce savant et judicieux critique distingue les nasales en muettes et en sonores. J'ai cru pouvoir moi-même, en me rapprochant de son opinion, les distinguer de même en muettes ou douces, ou aspirées, et en sonores ou dures.

On ne doit jamais faire sonner la terminaison nasale, à moins que le mot où elle se trouve et le mot qui la suit ne soit, comme dit fort bien l'auteur de la remarque, nécessairement, immédiatement et inséparablement unis. Tels sont les adjectifs qui précèdent leurs substantifs : certain auteur, Bon Ange. Tel est le monosyllabe en, soit préposition : en Italie, en honneur ; soit pronom : je n'en ai point. Tels sont les adverbes bien et rien : il est bien élevé, il n'a rien oublié. Dans tous ces cas, elle est sonore d'après d'Olivet, ou bien, dure d'après ma qualification ; tandis qu'elle est muette, ou bien douce, aspirée dans les cas opposés ; dans les deux vers que j'ai cités plus haut, ainsi que dans ceux que prononça François I.er, en montant à cheval, tout regardant Melin de St. Gelais, qui s'étoit fait fort d'achever en vers la phrase que Sa Majesté auroit commencée de la sorte :

» Gentil, joli, petit cheval,
» Bon à monter, bon à descendre,
　» Melin,
» Sans que tu sois un bucéphal,
» Tu portes plus grand qu'Alexandre ».

L'académie, consultée sur la manière de prononcer la nasale en pareille rencontre, décida que, lorsqu'on peut introduire un adverbe entr'elle et le mot suivant, n'y ayant alors point d'union, elle ne se faisoit point sentir, c'est-à-dire, qu'elle est muette ou douce.

Domergue, dans sa prononciation notée, dit que le repos seul permis ou non permis après la nasale, décide quand elle est muette ou sonore.

Quoique douce la nasale, on doit l'éviter autant que l'on peut, en poésie et surtout en musique, à cause des hiatus qui en résultent, plus ou moins désagréables. Ce défaut est commun aux poètes normands, si l'on en juge par la comparaison de Corneille avec Racine, et surtout avec Quinault.

(20) » Allez, assurez-le, que sur ce peu d'appas,
　» Il est plus absolu qu'un roi sur ses états ».　ROTROU.

(21) On distingue les diphthongues par rapport à la poésie en monosyllabes et en dissyllabes ; quoique par essence, elles soient ordinairement monosyllabes, et que l'on doive les prononcer telles en prose ; c'est-à-dire, d'une seule voix, si l'on veut ne mal parler en hiatusant.

Il paroît que les diphthongues des mots courts et qui reviennent souvent, se conservent monosyllabes en poésie ; comme dans cieux, ciel, vieux, mieux, miel, pluriel, Dieu, diable, viande, mien, tien, sien, vient, entretient, chrétien, Enghien, rien, etc. ; tandis que les diphthongues des mots longs et d'un usage moins fréquent, sont dissyllabes, comme dans les mots diadème, Diane, biais, niais, kyrielle, science, etc.

Il ne faut pas confondre, d'une part, avec les vraies et pures diphthongues, les fausses ou l'assemblage des voyelles entr'elles, dans lequel elles changent ensemble de voix, ou bien, dans lequel quelqu'une d'elles devient muette, comme celles des mots j'ai, j'aimai, je sais, tu sais, aient, gaiement, essaierai, effraierois, changeant, changeai, caen, paon, laon, faon, Saône, aoriste, août, féerie, peine, prierai, maniement, geôlier, George, étaient, scau, sceau, tuerie, gagui, nuement, aiguière, aiguiser, quidam, quam-quam ; et que l'on prononce jé, jèmé, je sés, tu sés, ènt, ghèment, essèré, effrèrès, mangé, chanjant, pan, fan, lan, ton, Sône, oriste, oût, sô, sçô, férie, pène, priré, manîment, jòlier, jorge, étènt, nùment, gaghi, éghiser, kidan, kan-kan, etc.

Il ne faut pas confondre, d'autre part, les diphthongues vraies avec l'assemblage des voyelles, dans lequel il en est qui sonnent à part et que l'on sépare par un tréma ou par un H ; comme dans les mots phaëton, Israël, Naïade, païen, aïeux, pleïade, Noël, cahier, cahute, cahoter, trahir, cahincaha ; que l'on prononce pha-eton, Isra-el, Na-iade, pa-ien, a-ieux, ple-iade, No-el, ca-hute, ca-hoter, tra-hir, ca-hin ca-ha, etc.

On doit bien distinguer encore l'assemblage des voyelles, où se trouve l'I simple de l'assemblage de celles qui accompagnent l'Y, qui équivaut à deux I, et qui en même-temps qu'il forme une diphthongue, fournit un I à la voyelle suivante, qu'il en sépare ; comme dans les mots paysage, payement, ayant, pleyon, hoyau, envoyer, voyons, ennuyer, que l'on prononce pai-i-sage, pai-iement, ai-jant, plei-ion, hoi-iau, envoi-ier, voi-ions, ennui-ier, etc.

Principales diphthongues, ou assemblage de voyelles monosyllabes.

Ai, aou : Dans aie! ou mieux ahi! août que l'on prononce oût.

Ei, eoi : Dans Réitre, grégeois, asseoir, George, geôle.

Eau : Dans seau, sceau, eau, beau.

Ia : Dans diantre, fiacre, diable, viande.

Ie : Dans fiel, miel, essentiel douteux, sied, pié, pièce, nièce, lierre, bierre, pierre, manière, lumière, liége, panier, laurier, poirier, meunier, serrurier, fier, altier, entier, cuvier, et tous les substantifs et adjectifs, noms d'arbres et d'artistes en ier, où ne se trouvent point une liquide L, R, précédée d'une autre consonne, hier excepté.

Ien : Dans rien, soutien, chrétien, entretien, revient, chien, mien, tien, sien, quotidien.

Ieu : Dans pieu, essieux, yeux, dieux, mieux, sieur, monsieur, etc.

Io : Dans étions, voulions, disions, nous divisions, courrions, et semblables temps des verbes, où la liquide précédée d'autre consonne ne se trouve point, ou qui ne dérivent point des verbes dont l'infinitif est en ier, rions excepté.

Oe : Dans troene, moelle, poele, bohemien, qu'on prononce boimien.

Oua, ouai! Dans gouache, ouais !

Oué : Dans fouet, couenne.

Oui : Dans oui adverbe, louis, monoie.

Ue, ui : Equilatéral... équestre où l'on fait sentir l'U et l'I en prononçant comme dans le qui, quæ latin. Dans huit, nuit, bruit, luit, cuistre, suie, huis, enduit, fuir, bruire, fortuit, fatuité.

Principales diphthongues, ou assemblage des voyelles dissyllabes.

Ao, aou : Dans faonner, aoûter, aoûteron.

Ea, eau : Dans féal, péage, préau, réaux, fléau.

Eo, ei, eu : Dans géode, éole, géorgique, géomètre, déité, théiste, créuse.

Iéz, ier : Dans tous les infinitifs terminés en ier, et tous les mots en ier où se trouve une liquide précédée d'une autre consonne : simplifier, hier, modifier, sanglier, meurtrier, voudriez, régliez, etc., et dans tous les mots où la diphthongue est suivie d'un T : piété, anxiété, inquiet, société, etc.

Ien, ient : Dans tous les noms de pays et de profession terminés en ien, ainsi que dans tous les substantifs et adjectifs un peu longs : parisien, languedocien, musicien, physicien, ancien, vaurien, patient, expérience, science, lien venant de lier.

Io : Dans tous les noms substantifs, babiole, fiole, violon, violette, action, division, scission ; dans les temps des verbes et dans tous les mots où la diphthongue est précédée d'une liquide et d'une autre consonne ensemble, réglions, voudrions, brioche, griote ; et dans les temps des verbes dont l'infinitif est en ier, simplifions, modifions ; dans les noms propres, Orion, Amphion, etc.

Oe : Dans poème, poète, poésie, Bohème.

Ouai, oua : Dans ouaille, touaille, ouate que l'on prononce oate.

Oue : Dans chouète, brouète, brouet, jouet.

Oui : Dans ouïr, Louis, nom d'homme.

Ue : Dans duel, mutuel.

Ui : Dans ruine, intuitif.

(22) » Quels qu'ils soient aux objets, conformez votre ton,
» Ainsi que par les mots, exprimez par le son,
» Peignez en vers légers l'amant léger de Flore ;
» Qu'un doux ruisseau murmure en vers plus doux encore ;
» Entend-on d'un torrent les ondes bouillonner ?
» Le vers tumultueux en grondant doit tonner ;
» Que d'un pas lent et lourd le bœuf fende la plaine,
» Chaque syllabe pèse et chaque mot se traîne :
» Mais si le daim léger bondit, vole et fend l'air,
» Le vers vole et le suit, aussi prompt que l'éclair,
» Ainsi de votre chant, la marche cadencée
» Imite l'action et note la pensée ».
L'homme des champs. DÉLISLE.

(23) » Le tendre oiseau caché sous un taillis sauvage,
» De ses tons variés animant le rivage,
» Traîne tantôt sa voix en soupirs languissans,
» Tantôt la précipite en rapides accens,
» La coupe quelquefois d'un gracieux silence,
» Et plus brillante encor la roule et la balance ».
Poème des mois. ROUCHER.

(24) » Je n'aime point d'un vers le pompeux barbarisme,
» D'un contre-sens non plus l'ampoulé solécisme ».

(25) » J'aime mieux du soleil chanter les douze enfans,
» Qui d'un pas inégal le suivent triomphans,
» Et de signes divers la tête couronnée,
» Monarque tour à tour se partagent l'année ».
                    Poëme des mois: ROUCHER.

(26) Ainsi Virgile a bien dépeint la douleur de philomèle,
à qui l'on a enlevé ses petits.

> » *Qualis populea mœrens philomela sub umbra,*
> » *Amissos quœritur fœtus, quos durus arator,*
> » *Observans nido, implumes detraxit; at illa*
> » *Flet noctem, ramoque sedens, miserabilis carmen*
> » *Integrat, et mœstis late, loca questibus implet* ».

Je pourrois, à côté, mettre la traduction de l'abbé Délisle;
mais on peut lui préférer celle que l'auteur des mois en a
faite dans sa correspondance, et que voici. Le ton de douleur
s'y fait plus sentir :

> » Telle pleure et gémit la triste philomèle,
> » Quand sur un peuplier sa voix traînante appèle
> » Ses petits nuds encor ravis à son amour :
> » La nuit règne et tout dort ; mais elle, jusqu'au jour,
> » Sur le même rameau, dit sa longue complainte,
> » La redit, et des bois remplit au loin l'enceinte.

(27) *Omne tulit punctum qui miscuit utile dulci.*

(28) Le même jour qui met un homme libre aux fers,
lui ravit la moitié de sa vertu première.

(29) Pour lequel j'ai fait l'inscription suivante, pour être
placée sur son tombeau après sa mort.

> Ci-gît Renaud, libraire, grammairiste,
> Qui critiqua toujours tant qu'il vécut,
> Tant d'écrivains, intrépide puriste.
> Tout vétillant, l'homme, las ! il mourut.

(30) *Tu nihil invita dicis, faciesve minerva.*

(31) Mais il est peu de *Terentianus*, d'*Atticus*, d'Arnauld
ou de vrais amis, dans le siècle où nous sommes, à qui l'on

puisse se fier, qui ne soient susceptibles do jalousio, de per-
fidie, de trahison même, et jusque d'imposture. On trouve
ce trésor plus rare que l'homme de Diogène !

(31) Il seroit bien plus drôle qu'il se trouvât des *Bathylles*
qui voulussent se prévaloir de ce poème en me le dérobant;
comme il pourroit s'en trouver d'assez impudens pour se
prévaloir à mon insu de quelques-uns de mes autres ouvrages,
à la faveur de quelque intrigue, malgré leur authenticité ; oui,
si on les laissoit faire, et qu'on ne déjouât leurs projets! qui
ne tendroient à rien moins qu'à faire, dans peu de temps,
de la propriété littéraire, la proie du plus horrible brigan-
dage, et que causer par suite la ruine des auteurs, impri-
meurs et libraires.

C'est aux sociétés savantes à s'élever contre un pareil
attentat, et à faire réprimer les larrons littéraires.

En serois-je réduit ici, en finissant, à dire comme Virgile?

   » *Hos ego verriculos feci, tulit alter honores !*
   » *Sic vos non vobis nidificavit aves,*
   » *Sic vos non vobis mellificavit apes,*
   » *Sic vos non vobis vellera fertis oves,*
   » *Sic vos non vob's fertis aratra boves* ».

Ne puisse-je pas avoir à craindre que M.r *** , dont le
nom rappelle les harpies et les vampires, n'exerce bien que
mort une influence pareille à celle fabuleuse qu'on prêtoit
à ces monstres chimériques, dont on a fait l'épouvante du
peuple dans le temps.

   » Gonflé d'un noir venin comme un cruel vampire
   » De vengeance altéré, jusques après sa mort,
   » Aux Rochers acharnés [am] le satyre
   » Pourroit s'en prendre à moi me faire pire sort.